KB136851

가장 밝았지만, 가장 어두웠던,

검은 별

검은 별 : 가장 밝았지만, 가장 어두웠던.

발 행 | 2022년 03월 11일
저 자 | 근혁재
펴낸이 | 한건희
펴낸곳 | 주식회사 부크크
출판사등록 | 2014.07.15(제2014-16호)
주 소 | 서울특별시 금천구 가산디지털1로 119 SK트윈타워 A동 305호
전 화 | 1670-8316
이메일 | info@bookk.co.kr

ISBN | 979-11-372-7675-8

www.bookk.co.kr
ⓒ 근혁재 2022
본 책은 저작자의 지적 재산으로서 무단 전재와 복제를 금합니다.

이 책을
아직도 세상이 무서워 떨고 있는
모든 이들에게 바칩니다.

검은 별

: 가장 밝았지만, 가장 어두웠던.

글   근혁재
그림   근혁재

머릿말

시를 쓰기 시작한 이유는 별 것이 아니었다. 2021년 학업 스트레스, 부모님과의 갈등 등으로 마음에 큰 병이 생겼다. 병명은 공황장애, 전환장애, 그리고 우울증. 애써 증상에 집중하지 않으려고 노력해도 몸과 마음이 너무나 지쳤었다. 학교는 휴학을 하고 공부를 저만치 미루었다. 마치 영화〈트루먼 쇼〉처럼 누군가가 나의 인생으로 장난치고 있다는 생각도 들었고 가장 힘들었던 것은 사람들의 시선을 너무 의식하게 되었다. 방안에 틀어박혀 사색하는 것이 익숙해졌고, 그와 동시에 밖에 나갈 수 없어 답답해 했다. 병에 걸리기 전에도 숱한 경쟁과 그 속에서의 회의감, '좋은 대학', '좋은 직장'이라는 피상적인 목표 아래 신념이 지워져 가는 그 과정이 괴로웠었고, 그 하소연을 휴대폰 메모장 안에 적어내려 가기 시작했다. 그런 시 같지도 않은 짧은 글들이 쌓이고 쌓여, 이 책이 만들어 진 것이다.

메모가 쌓이니 욕심이 생기기 시작했다. 내가 마음 속에 묵히고 있던 생각과 감정을 다른 사람에게도 보여주고 싶었고, 나와 같이 정신적으로 힘들어 하는 사람의 작은 위로가 되고 싶었다. 아직 18살짜리 세상 물정 잘 모르는 꼬맹이지만, 세상 사람들은 이것을 '청년'이라 부르고, 더 고상하고 웅장한 표현으로 '청춘'이라 부르지 않던가. (물론 나를 '청춘'이라 부르기에는 너무 부끄럽다.) 공황장애 진단 전의 나의 버킷리스트 중 하나였던 책 만들기를 아이러니하게도 공황장애가 기회가 되어 이룰 수 있게 된 것이다.

이 시집을 읽을 때는 특별한 의미 없이 그저 읽어도 된다. 사실 인스타그램에 자랑할 만큼 멋들어진 문구도 없을 뿐더러, 난 감정기복이 굉장히 심한 편이라 이 시집 전체를 꿰뚫는 정서도 찾는 의미가 없다. 그저 천천히 새벽에 잠 안 올 때 무드등 하나만 켜놓고 읽거나, 혹은 아침에 차 한 잔과 함께 고상한 척 하고 싶을 때 읽거나, 심지어 라면 받침으로 쓰다가 왠지 한 번 읽고 싶을 때 읽어도 괜찮다. 모두가 이 시집에 공감할 순 없겠지만, 위로 받는 이가 단 한명이라도 있다면, 이 책의 가치는 충분하다.

2022년 1월 11일 몹시 추운 날씨에.

목차

1장 : Heart

2장 : Earth

3장 : Cosmos

Curtain Call

1장

: Heart.

프롤로그

시인이란 거창한 명패 아래
작은 수첩을 손 안에 낀 채
부끄러운 어구와 단어를 적는다.
홀로 소음의 바다 속에서
애써 고요함을 달래기 위해
헤엄치듯 외롭게 웅크리고 있다.

하나의 인간으로서
커다란 붓을 당당히 휘두르는 것이
그렇게도 어렵고 간지러운 일이었단 말인가.
마음 속의 붉은 깃발은
동풍을 타고 멀리 나부끼는데
나는 외로운 서사를
그리 시끄럽게도 읊고 있었나.

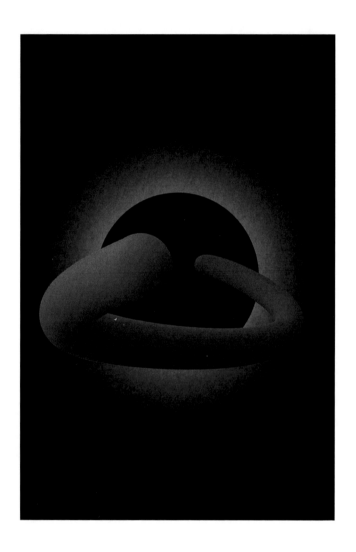

검은 별 1

검은 밤하늘에
검은 꽃 위에
검은 빛을 내는
검은 별이 있다면

그 별을 보아 주오.
여타의 별들처럼
빛나기 위해
발버둥치는 그 별빛을 기억해주오.

보이지 않는다면
검은 들판을 보아 주오.
그 들판만이 검은 빛이 아니리라.
타고 남은 재만이 검은 빛이 아니리라.

검은 별을 밤이 새도록 보아 주오.
햇살 쬐는 아침에 별빛은 가려지지만
그 검은 별빛만은 잊히지 않으리라.
검은 별을 세어 주오.

아, 이 세상 사랑하는 이들이여,
내 마음 속에 수천 개의 검은 별이 되어 주오.

사진 출처: 위키백과

힘에의 의지

사랑하는 철학자 니체에게

나는 당신의 말처럼
나만의 것을 창조하며
다른 사람의 것은 완벽히 파괴하면서
살 것이에요.

그러면 나는 더 더 높아져서
삶의 의미를 되찾겠지요.

나는 중력을 벗어던지고
더 더 높은 곳으로
두려움 한 모금 머금고
더 더 높은 곳으로

힘차게 나아가겠지요.

유언

내가 세상에 남기는 마지막 말.
세상에게 가장 하고 싶었던 말을
나의 마지막 순간에 이르러서야
겨우 던져본다.

내가 세상에 남기는 마지막 후회.
길고도 짧은 삶을 살며
감정의 소용돌이와 진실의 늪을 지났는데
아직도 남아있다.

내가 세상에 전하는 마지막 가치.
그 동안 부족하거나, 풍족함을 느끼게 해
준
소중하고도 엄숙한 것을
자식의 자식까지 남기기 위해.

콧물

내 눈물은 막혀버렸다.
실핏줄이 보일 만큼 건조하게 변했다.
내 눈은 더 이상 그 땔 기억하지 않는가 보다.

하지만 그 날의 향기를,
내 코는 기억하고 있나 보다.

추운 가을 날씨에 문득
눈물 대신 콧물이 스멀스멀 기어 나온다.
참을 수 없을 정도로,
머리가 핑 돌 정도로 세게 풀어야지
겨우 멈추지만
이내 다시 나온다.

아직도 지독한 그 향기를
기억하고 있나 보다.

경쟁의 딜레마

패자가 승자를 만드는 것일까
승자가 패자를 만드는 것일까

앞선 수많은 패자들이 있기 때문에
무한의 경쟁에서 살아남은 자가
승리를 거머쥐게 되는 것일까

갖은 노력으로 경쟁에서 승리했기 때문에
그 밖의 사람들이 자연스럽게
패배로 남는 것일까

점의 연속

대화에 끝에는
항상 작지만 옹골찬 점.
그리고 다시 시작―

그 점 위에
힘찬 곧은 쇠막대기 하나!
지혜를 모으는 갈고리 하나?
꼬리를 찾으러 흘러간 쉼,

그 점이 계속되어
연속되고…연속되고…연속되면…
끝낼 수 없는 끝내지 못하는
그대의 말 한 마디……

삶인가?

그는 마냥 불행한 사람.
주변의 수많은 선인들에도
자신은 위로받지 못한다
생각하는 사람.
세상 모든이들이 자신을 미워하고
아니꼽게 보인다고 믿는 사람.
주어진 시련으로
포기하는 사람.

그는 마냥 행복한 사람.
주변의 수많은 선인들 덕분에
위로받는 기쁜 사람.
세상 모든이들이 자신을 좋아하고
믿어준다고 굳게 믿는 사람.
주어진 시련을
넘어야 하는 산으로 생각하는 사람.

크리스마스

신비로운 성탄의 밤,
붉은 네온사인,
교회 종탑과 십자가,
번쩍거리는 트리,
퍼부어 내리는 눈꽃,
미끄러운 빙판,

그리고
너와 나,
입가와 눈가에 걸린 미소.

신비로운 성탄의 밤.
스치는 별빛의 종착지는
너의 그림자.

상처

수천 번 칼에 베이고
수만 번 돌팔매질 당한
붉은 핏줄 터지는 내 삶이여.
만세. 만세.

무거운 밤공기
심장을 눌러도.
머리를 죄여도.
우렁차게 기쁘고도
고독하게 슬픈 내 삶이여.
만세. 만세.

함성

터져나오는 저 함성은 들린다.
메아리치는 그 소리.

터져나오는 저 함성은 들어올린다.
이 땅 위 모든이들의 심장을.

터져나오는 저 함성을 듣는다.
이 땅 위 모든이들의 머릿속으로.

터져나오는 저 함성을 들어올린다.
우리를 찾을 누군가에 닿을 때 까지.

헤겔과 사랑

나와
늘 반대편에 있던 너.

눈빛에 비치고파
부단히 허둥거렸던
시간이 무색하게
둘의 거리는
점점 가까워진다.

서로에게
이끌리는 듯 ―
밀어내는 듯 ―

먼지 한 톨만큼의
거리라도
더 신중하게
고심의 고심을 더해
천천히 가까워진다.

충돌 아닌 충돌.
결국, 우리가 된다.
사랑, 그것이 시작.

Link

각자의 삶 속에는
각자의 소설 한 권

짧고 굵을지도
길고 얇을지도

그 소중한 소설들이 모여
커다란 책장을 이루고
그 소중한 책장들이 모여
커다란 도서관을 이루고
그 소중한 도서관들이 모여
커다란 지구가 된다.

낮잠

깨어나서 맞이하기엔
세상이 너무 무서워서
차라리 누워 있을래
차라리 눈이라도 감을래
귀라도 닫고 내 마음을 들을게
그냥 그게 편해

하루 종일 누워만 있을 순 없겠지만
지금은 그러고 싶어서
차라리 누워 있을래
괴물이 눈에 아른거리고
울음소리가 어렴풋이 들리는데
비겁하다고 해도 피할래
그냥 그게 편해

불면증

내가 어젯밤 편히 잠에 드는 것은
어쩌면 그 밤이 적당히 고요해서,
그 공기가 적당히 차가워서,
그 분위기가 적당히 몽롱해서.

내가 오늘 밤 편히 잠에 들지 못한 것은
어쩌면 이 밤이 너무 고요해서,
이 공기가 너무 차가워서
이 분위기가 너무 몽롱해서.

먼 훗날 나의 아이들에게

시끄러운 고성의 전쟁터 속
자갈 한 톨 맞지 않는 고요한 호수.

외골수의 운명,
그 차디찬 폭포를 맞은 것이
삶과 죽음 사이에서 줄 타기와 같다는 걸
누구보다 잘 알기에.

먼 훗날 나의 아들아, 딸아.
나의 독신의 삶을
보지 말아라. 듣지 말아라. 말하지 말아라.

사람이란 건
바람에 흘러가는 갈대마냥
휘이 굽어갈 줄 알아야 한단다.

사람이란 건
순백을 지폐 대신 잿더미를 내고
흔쾌히 살 줄 알아야 한단다.

사람이란 건
마지막 벼랑끝에서 부끄러움을 싸들고
날아갈 줄 알아야 한단다.

저승에서 누군가를 만나거든
"나는 사랑하는 사람이 없었다."
라고 장담해도 된다.
그 사람을 그리워하지 않는다고 말해다오.

그리고 환생을 기다리며
회한의 숨만 종일 쉬어야
숨이 멎질 않는단다.

외골수의 운명,
그 차디찬 폭포를 맞지 말아다오.

실종신고

사람을, 찾습니다.
그 사람은 나의 뒤를 쫓던 그림자.
누구도 떼어내지 못했던 그 사람을 찾습니다.

그 사람은 어느새 저를 떠나버렸습니다.
뒤돌아 볼 새도 없이 사라졌습니다.
어디로 간 것일까요, 당최 모르겠습니다.

숱한 추위에 지쳐
질긴 운명의 끈을 끊고 달아난 걸까요,
그 사람은 끝내 보이질 않습니다.

하지만 그 사람도 찾는 사람이 있는가 봅니다.
어쩌면 이 슬픈 운명의 끈은
헐거웠을지도 모르겠습니다.

거울, 총성

거울을 봐라.
거대한 저 괴물을 봐라.
총구를 겨눠라.
방아쇠를 당겨라.
산산조각 난 그의 모습을 봐라.

상상하지 마라.
보이는 것 너머에는 아무것도 없다.
튀어나간 유리 파편 외에는 아무것도 없다.
거울 밖의 세계에는 아무것도 없다.
굵힌 핏줄 속에는 아무것도 없다.

상처도, 풀꽃도, 구름도,
한밤중 참 공기도,
늙은 상인의 인심도,
겨울의 깨끗하게 흰 눈송이도,
그의 작은 총성에
먼지보다 더 작은 그 무엇이 되어
스르륵 사라진다.

동주의 펜

우리는 모두 시인이다.
동주의 펜을 빌렸다.

밤하늘의 별을 헤고
남의 나라 육첩방에 앉아 고뇌하는
동주의 펜을 빌렸다.

심장은 동주의 잉크를 퍼 올려
외로운 우리의 글벗이 되고
폐는 동주의 숨을 머금고
괴로운 우리의 위로가 된다.

두꺼운 장벽을 뛰어넘어
동주의 펜을 돌려줄 때,
바람이 스치고 물이 마르는 숲은
우거지고, 우거지고, 더욱 우거지면서
푸른 깃발이 되리.

2장

: Earth.

조금 허무하겠지만

138억 년 전, 우주가 한 점에서부터 출발했다.
46억 년 전, 태양계가 탄생했다.
그리고 약 6000만 년 뒤, 지구가 탄생했다.
30억 년 전, 최초로 광합성이 나타났고,
240만 년 전, 최초의 인류가 왔다.
20만 년 전, 현생 인류 호모 사피엔스가 나타났다.

그리고 52년 전, 인간은 드디어 지구 밖을 나와서
달에 착륙했다.

하지만, 인류는 많은 것을 이룩했다.

인류 자신의 기원, 지구의 기원, 우주의 기원,
심지어 우주를 움직이는 힘의 기원까지 알아냈고,
그것들을 이용해 많은 걸 만들어냈다.

또한, 인간들은
신이라는 매우 고차원적인 존재를 만들었고
돈이라는 매우 허구적인 무형의 수단을 만들었다.
그 밖에도 정의, 진실, 도덕 등
과학으로 도저히 설명 불가능한 것들을 만들었다.
그렇다고 인간이 위대한 존재일까?
전혀 아니다.

이 우주에서 인간이란 존재는
너무나도 작고 미미하다.

세상에서 제일 키가 컸던 사람의 키인
2.72m도 태양의 반지름인 140만km에 비하면
너무 작다.

조금 허무하겠지만,
이 우주는 인간이 없어도 존재한다.

우리도 결국,
공룡처럼 언젠가
자연의 힘에 사라질 존재이다.

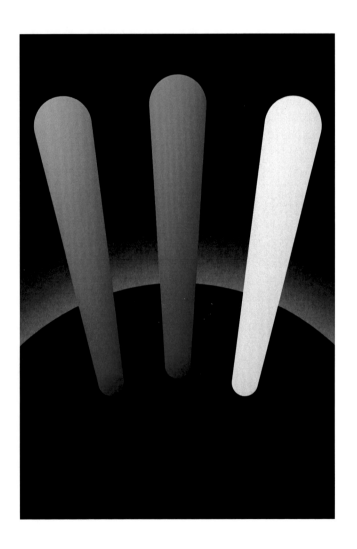

검은 별 II

'내 옆에 있는 저 별은
그리도 밝게 빛나던데
난 왜 빛나지 않을까.'

그렇게 생각하는 검은 별들은
그렇게 밝았던 별들 사이사이를 메우고
그렇게 밤하늘이 되었다.
그렇게 잠자는 우리를 덮었다.

그렇게 불면증에 걸린 고매한 시인의 영감이 되고
그렇게 낭만을 꿈꾸는 한 남녀의 귀감이 되고
그렇게 지친 몸 풀어주는 이들의 안주거리가 되고
그렇게 꿈 많은 어린 아이의 상상이 되고
그렇게 생의 마지막 바라보는 노인의 위안이 되고
그렇게 우리는 검은 별이 된다.

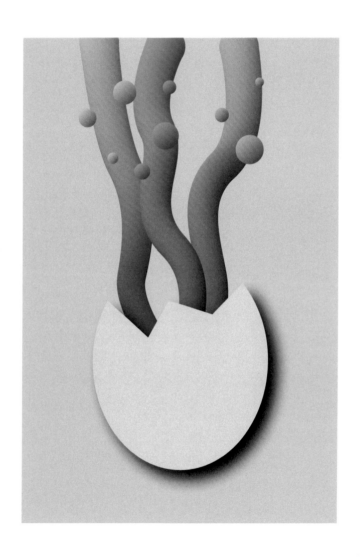

새는 알을 깨기 위해 투쟁한다.

알은 세계이다.
태어나고자 하는 사람은 세계를 파괴해야 한다.

창공을 가로지르는
바다만한 날개를 지닌 새가 되기 위해서는
조그만 알부터 깨야 한다.
그러기 위해 투쟁한다.

우리는 알 속의 새이다.
언젠가는 알을 깨고 나와야 한다.

자유로이 우주를 항해하기 위해!

날씨

날씨가 맑다.
구름이 하얗다.
햇살이 밝다.

날씨가 흐리다.
구름이 검다.
햇살이 어둡다.

비가 온다.
가끔은 세차게, 비가 온다.

날이 갠다.
다시, 맑아진다.

괴물

내 속에는 괴물이 산다.

내 머릿속을 집어삼키는 괴물
내 심장을 꽉 쥐어버리는 괴물
내 숨통을 확 끊어버리는 괴물

괴물이 깨어날까
조심스레 움직인다.

잠자는 괴물이 깨지 않게
까치발로 총총대며 지나가는 생각들.

오늘도 무사히 지냈음에 감사하며
저물어가는 초승달에게 인사한다.

언덕

밑에서 보기에는 여느 강산.
까마득해 보였고,

고도와 함께 올라가는 마음.
심장은 더 빨리 뛰고,

정상에 더 가까워질수록
내 심장은 터질 것 같고,

그렇게 바라던 정상에 다다르고,
내가 찾던 너는 없었다.

부푼 기대와 비례하는 외로움은
내려오는 나를 더 비참하게 만들고,

정상에서 꽤나 멀어져서야,
너를 만나게 되었고,

나는 기뻐 했다.

꽃봉오리

꽃이 피기까지
계절이 수없이 바뀌고
수많은 빗물이 스쳐오고
수많은 바람이 살랑인다.
꽃봉오리는 그렇게 얼굴을 든다.

눈과 코는 꽃을 즐긴다.
아름답고 달콤한 그 형체 안에는
추하고 매운 꽃봉오리의
빗물과 바람의 기억이 깃들어 있다.

눈과 코는 절대 보거나 맡을 수 없다.
꽃의 운명을 짊어진 채
머금은 그 시린 기억을 적어내리기까지
만고의 시간이 지나, 심장에서야 삼킨다.

Interlude.

인터루드

저기,
잠시 쉬어가도 괜찮잖아요.

언제까지
애매한 현대미술 조각상 앞에서
디지털 카메라 목에 매고
손바닥 만한 수첩에
오늘 먹을 저녁 메뉴 끄적이면서
점심을 보낼 건가요.

아, 물론 제가 그랬다는 건 아니고요.

낙조

얼어붙은 호수 위 언덕
그 너머 천천히 흘러가는
12월 31일의 낙조.
눈부시다 못해 거룩하게 보였지만
이내 언덕은 누운 몸을 일으켜
광휘를 등진다.

구태여 잡지 않겠다.
두 팔 들어 잡았더라면
꽁꽁 언 저 호수처럼
흘러가지도 못할 테니.
미련 한 줌조차
화살이 될까봐.

세상 무엇보다도 값진 것을
발견한 시간조차 실구름마냥 퍼진다.
그는, 그렇게 어둡고 오랜 달빛을 넘어
다시 언덕의 어깨 위를 덥썩 올라탈
내일을 맹세하며
떠나갔다.

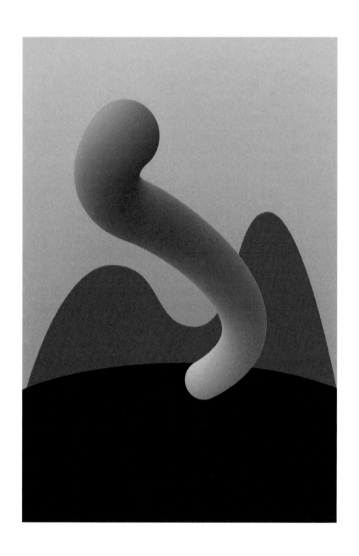

솟아올랐다.

지난날의 내가 어떻냐는 듯
저 벌겋게 달아오른 불덩이는
한때 기대고 있었던 언덕과
눈치도 없이 눈앞에 알쩡거렸던 추위 보고
벌떡 일어서서
이 세상 모든 불빛을 한데 모아도 모자를 만큼
쨍—하고 쏘는데

그 모습이 쓸쓸하고,
또 아름다웠다.

1월 1일.
너는 그렇게 새 얼굴을 빚고
솟아올랐다.

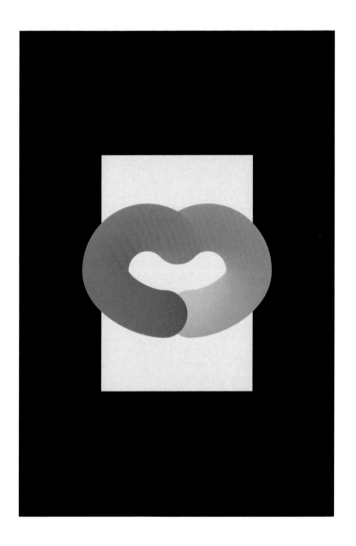

창가

늦은 오후 창가에 기대어
템포가 평소보다 느린
고상한 음악을 들으며
평소엔 자주 마시지도 않는
밍밍한 차를 마시며
한동안 읽지 않아 먼지 쌓인 표지를 털고
아무 페이지나 편ㅍ 뒤
잠에 덜 깬 눈을 흘기며 보다가
창 밖의 눈 날리는 풍경이 요란이어서
잠시 시선을 빌렸더니
어느새 눈이 녹아 눈에서 물이 내린다.

창가는 틀.
창가는 매서운 슬픔의 풍경화를 담은 틀.

덩굴

너는 어찌하여
어느 군데 기대지 못하고
얽히고 섥혀
곤두세우질 못하고
축 늘어져
저 높은 담을 넘보려 하냐.

한 곳만 기대기엔
나약하여 기댈 곳이 많고
꼿꼿이 서기엔
확신이 서질 않지만
높은 담 너머 탐스런 과육 떨구기 위해
모양새가 이리 되었습니다.

숲

초원을 찢어 물길을 터놓고
새싹을 늘려 나무를 짓고
꽃봉오리를 터뜨려 꽃을 피우고
바위 몇 개 깨트려 돌멩이 뿌리는데

이곳을 걷는 나그네는 누구의 몫인가
이곳을 걷는 나그네는 누가 만들었나

바위

거기에 바위가 있었다.
깨지고 깎여도 대꾸없는 바위가 있었다.

있어야 하지도 않고
없어야 하지도 않지만
거기에 바위가 있었다.

높은 산 절벽에 끼어
수많은 이끼가 끼고
거목의 뿌리가 스치고
곧 떨어질 듯 아슬하게 있지만,
거기에 바위가 있었다.

온갖 나무는
싱그러운 봄을 맞을 채비를 하는 가운데
거기에 바위는 홀로 있었다.

겨울

시린 겨울
눈발은 바람을 타고
추위는 우울함을 타고
내 오래된 주머니에 부닥친다.

회오리치는 저 눈발이
언젠가 땅에 내려앉고
어느 청소부의 빗자루에 쓸려가면
깔끔히 없어지겠지.

시린 겨울
나는 빗자루를 잡아야 하나.

안식처

한낱 추위를 피해
앞문을 열었다.

온기와 포근함은
무심하게 그곳에 있었다.
당연한 듯이.

앞문을 닫았다.
묵묵하고 따뜻한 그 요상한 기운이
집 전체를 휘감는다.

하지만 발걸음은 저절로
다시 앞문을 향한다.

이내 나는
여기 온기가 있었으리라 기록하는 셈 치고
담담히 쪽문을 열고
웅크려 밖으로 안겼다.

영웅담

그가 말했다.

"난 외투도 없이
겨울 석 달을 내내 온 세상을 돌고 다녔으며
얼어버린 손가락과 발가락 몇 개는
이미 잘려져서 세상 곳곳에 있다네.
신발 밑창은 까진지 오래고
옷에는 구멍이 예닐곱 개나 있지.
사람들은 동전 몇 푼 꽤 던졌지만
난 끝내 맞기만 하고 받질 않았다네.
가족이나 친척은 없어진지 오래고
안락한 집 한 채와 따뜻한 국 한 그릇조차
가져본 적 없다네."

그의 잘려나간 손가락을
제 자식마냥 쓰다듬으면서.

출항

닻을 올려라 ㅡ

요란한 고동 소리와 함께
잔잔한 파도를 맞고
펴는 기지개.

만선의 꿈을
만인의 짐과 함께
가득히 싣는다.

선장이 펴는 지도.
선원에 눈동자에 명백히 박혀 있는 북극성을
뚫어지게 바라보며 당당하게 직진.

표 류

돛은 만선의 꿈.
바람에 흔들린다.
거센 바람이 쌓아올린 물기둥은
순식간에 기억을 몰아세웠고
말도 안 되는 섬으로
털썩 주저 앉혔다.

보이는 것이라고는
푸른, 아니 검푸른 일렁임.
이 차갑고 검푸른 것이 눈물로 덮여질까.

저 무인도를 바라보며

즐거웠던 때라면
거짓말이겠죠.

언젠가 나를 집어삼킬 듯한 저 파도가
날 태우고 저 멀리 가버린다면
발자국은 또 외로이 남겨지겠죠.

저 섬이 이제야 향기로워진 것 같은데
떠날 거라는 미끼로
몸을 이끌어 저 멀리 내던지네요.

떠나야 했지만,
어쩔 때는 참 향기로웠던 그 섬을
이제는 수평선 너머 가려졌는데
그 향기가 쓸쓸하네요.

조금 허무하더라도.

인류는 이 우주에서
많은 걸 이룩했지만,

여전히 아주 작은 존재고
의미조차 없다.

옛날 우리 조상들이 있다고 믿어왔던 신은
없을 거라고 과학이 수백 번 말하고 있고,

돈은 인간이 부여한 의미가 없으면
그저 휴지 조각, 아니 더 냉정하게
섬유질 덩어리 밖에 되지 않는다.

조금 허무하더라도,

이 우주에서 의미 있는 것은 아무것도 없다.
그저 거기에 존재할 뿐,
정해진 의미, 정해진 이유란 없다.

하지만, 처음부터 정해진 건
아무것도 없기 때문에,
우리 스스로가 직접 만들면 된다.
늘 그랬듯이.

우리 일상 속에서 많은 것들에
자신만의 의미를 부여하고,
자신만의 가치를 찾아나가자.

어차피 우주는
혹여나 우리가 부여한 의미가 틀렸더라도
개의치 않고
우리보다 훨씬 오래 존재하고 있을테니까.

답은 없으니까,
답을 만들자.

3장

: Cosmos.

태양은 외롭다.

한낮 외롭게 빛나는 태양은
오늘도 땀을 낸다.
저녁이 되면 지평선 아래로 숨는 태양은
지구 반대편에서 또 땀을 내겠지.

그림자도 없이 너무나 밝은 태양.
그런 태양에 기대어 그림자를 드리우는 지구.

그도 누군가의 빛에 기대어
그림자 길게 드리우고
편히 빛을 받고 싶지 않을까.

우리는 누군가의 태양이었으리라.
우리는 누군가의 지구였으리라.

남십자성

뜨거운 여름의 밤과
차가운 겨울의 밤.
같은 궤도 속에서 돌아가는 수레바퀴.

수레바퀴는 어디를 향해가는가.
작은곰자리의 꼬리 끝, 북극성.
수레바퀴는 그렇게 돌아간다.

하지만 여름과 겨울이 뒤집힌 채
반대 방향으로 돌진하는 수레바퀴.
남십자성은 그런 이들을 위해 떠있다.

뜨거운 겨울의 낮과
차가운 여름의 낮.
다른 궤도 속에서 돌아가는 수레바퀴.

밤을 걷어서

이 무겁고 어두운 밤공기를
어서 걷어주세요

쏟아지는 수많은 작은 별빛이든
붉은 머리에서 타오르는 성냥불이든
작은 백열등에서 뻗치는 에디슨의 영혼이든
우아한 몸을 풍기는 거리의 네온사인이든

이 밤을 걷어주세요
당장. 지금.

달, 휴무입니다.

오늘 밤도
내 뒤통수를 보고
지구에 사는 사람들은
무릎을 꿇기도 하고
두 손을 모으기도 하고
허리를 굽히기도 하며
나에게 무엇인가 되내인다.

난 그런 존재가 아닌데……
나도 어느 때는 지쳤는데……

몇십 년에 한 번씩,
저도, 휴무입니다.

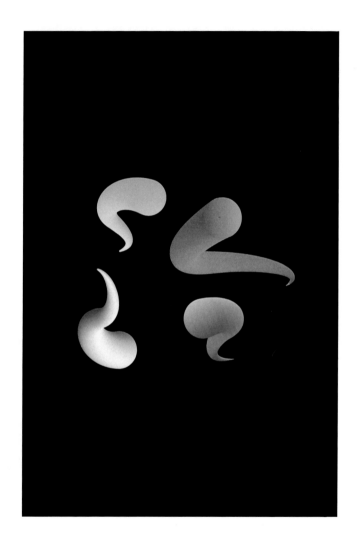

미지의 별

도시에 수 놓인 별자리는
도시를 덮은 새까만 이불에 촘촘히 박힌
은하수와, 행성과, 몇백 광년 떨어진 별부터,
빅뱅 이후 얼마 안 돼 만들어진 별까지
모두 지워버렸다.

지워진 자국 중 겨우 남은 별.
고개를 들어 겨우 그 빛을 볼 수 있었지만
몇 번의 미약한 깜빡임은
기억에 스치지를 않는다.

인공위성인가, 비행기인가, 헬리콥터인가,
어쩌면 저 별처럼 보이는 무언가는
나와 같은 속도로 함께 움직이며,
빙빙 돌아가며,
이 무심하고 외로운 도시 속
나를 그 미약한 깜빡임으로 쓰다듬기 위해
잠시 띄워진 것 아닐까.

별똥별

가끔씩 하늘을 이불 삼아
눈을 감고 누울 때면
가슴 속의 우주가 몸을 쓸어 내린다.

혈관은 성단이 되고
위장은 성운이 되고
두뇌는 커다란 은하수가 된다.

그리고 감은 양 눈에서 내린 눈물은
누군가의 가슴 속 우주에 스치는
녹아내리는 별똥별이 된다.

도달불능점

난 어디에서 왔나
어디까지 왔나

차갑고 시린 서리를 밟고
점점 더디어 가는 걸음을 재촉하며
바람에 흩날리는 물보라와 함께
난 이곳에 발자국을 남겼다.

이곳.
아무것도 없는 이곳.
봄의 흔적은 없는 아무것도 없는 이곳.

난 어디에서 왔나.
어디까지 왔나.

타임머신

뻔하지만
타임머신이 발명된다면
먼저 과거로 가서
우리 아버지의 청춘을
직접 보고 말거야.

그러고는 미래로 가서
내가 우리 아버지 나이가 되었을 때쯤
우리 아버지와 내가
얼마나 닮았나 보고 말거야.

다시 현재로 와서
난 허탈하게 웃고만 있겠지.

이젠 좁아진 아버지의 어깨를
주무르면서 말이야.

코스모스 찬가

사람이라 부르는 것들은
조금도 외롭지 않을 때 고개를 앞으로 든다.

사람이라 부르는 것들은
조금 외로울 때 고개를 아래로 숙이고
광활한 흙내음과 찬란한 풀내음과
코 안으로 찔러 들어오고
꿈틀거리는 생명의 땀내가
혈관 속을 돈다.

사람이라 부르는 것들은
하염없이 외로울 때 고개를 들어 버린다.
그 울멍울멍한 눈동자 안에는
밤하늘이 담기고
촘촘한 별이 빌려준 빛이
깊숙이 꿰뚫어 심장을 굴린다.

사람이라 부르는 것들은
이 코스모스 안에서 외로움을, 외로움을 덜며
헛헛하고도 쓸쓸한 삶을 살다가
코스모스의 부름에
코스모스가 된다.

보이저

광활한 우주 속
조그만 인류의 흔적
지금도 우주를 항해하는
외로운 선체

조그만 인류의 존재를
광활한 우주에 알리기 위해
금빛 원판을 싣고
멀리, 그 무한을 향해.

별이 없는 밤

침대에 누워 창문에 비친 밤은
한 톨의 별도 보이지 않네요.

눈을 감은 듯 검은 화면만
시야를 가득 채우고 있네요.

한 톨의 별도 없는
검은 도화지 위에
누군가의 미소, 눈물, 주름, 무표정을 그려봅니다.

가끔은 별이 없는 밤도
그 누군가를 그릴 수 있는 도화지가 되기에
달빛이 야속하기만 합니다.

가끔은 어둠이 두렵기 보다는
어둠 속에서 그려내는 그 누군가가 있기에
편안할 것 같아요.

잠은 줄었지만
별은 사라졌지만
제 그림 실력은 여전하네요.

은하수 다리

은하수 다리를 떠도는 나그네.
지난 수십억 년의 세월과
앞으로의 수십억 년의 세월의 달력엔
떠도는 일만 남았다.

아무리 저 별이 아름답다 한들,
머무는 것도 잠시.
다시 떠도는 것이 일상.

가끔 버드나무 같은 성운에 기대어
유성 무리들을 운치 있게 쳐다보지만
또다시 등지고 묵묵히 걸어갈 뿐.

수많은 나그네가
별 먼지와 초신성과 블랙홀로 오고가는 동안,
그 끝이 보이지 않는 은하수 다리는
넌지시 나그네들을 쓰다듬는다.

운석

가끔씩 이리로 기대도 돼.
사람들은 널 찾고 있어.

하지만 너무 가까이 하지마.
넌 반짝이는 것만으로도
충분해.

넌 세상을 바꿀 수 있어.

블랙홀

평화에서 전쟁까지
만남에서 이별까지
새벽에서 저녁까지

이 세상의 시작에서
멸망까지.

이 시간의 폭발이 마침내
모든 것을 토해낼 때까지.

그 모든 걸 삼키리라.
아무것도 없을 때까지.
너 또한.

핼리 혜성

76년마다 지구로 돌아오는
우주의 우체부.

그 긴 꼬리에는 또 어떤
수많은 소식이 들어있을까.
그 빛나는 머리에는 또 어떤
어둠을 뚫고 왔을까.

눈에 비치는 건 한 순간이지만
다시 돌고 돌아
긴 세월의 소식을 머금고
꼬리를 내비치며
기다렸다는 듯이 스친다.

쉼없이 달리고
빛을 다 태우고 나서야
어둠에 몸을 씻는 그.

핼리 혜성을 생각하며
괜시리 망원경과 눈을 맞춘다.

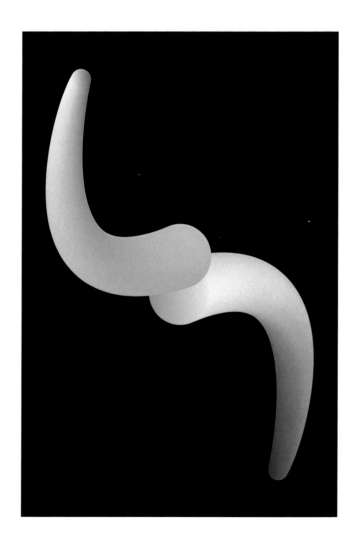

외계인

만약에
외계인이 지구로 내려와서
내 앞에 서 있다면 묻고싶다.

당신들도 외롭나요?
당신들도 불안한가요?
당신들도 슬픈가요?
당신들도 우울한가요?

호흡

별이 차갑게 스치는 밤.
밤공기를 들이 마신다.

그 순간,
나의 폐는 수천억 개의 별을 머금고
다시 뱉는다.

차가운 밤공기에 홀로 서 있는 지금.
나는 잠시 별이 스쳤던,
밤하늘이 되었다.

검은 별 III

삶과 죽음을 논하기 전
우주는 검은 별이었다.

빛은 단지 성냥 한 개비처럼
언젠가 꺼져간다.
어둠은 영원한 산불처럼
끝없이 커져간다.

행복과 불행을 논하기 전
우주는 검은 별이었다.

빛은 단지 모래 한 줌처럼
언젠가 날아간다.
어둠은 수없이 담금질한 강철처럼
끝없이 단단해진다.

선과 악을 논하기 전
우주는 검은 별이었다.

빛은 단지 한 순간의 바람처럼
언젠가 갈라진다.
어둠은 깊은 산 바위처럼
끝없이 우직하다.

너와 나를 논하기 전
우주는 운명의 시곗바늘을 향해
천천히, 또 순식간에 돌아가는 검은 별이었다.

에필로그

돌아가기 늦었다.
길인 줄 알았는데
벌판이었다.

방향이 없다.
반향만 있을 뿐.

전무의 발가벗은 상태로
돌아가기 늦었다.
돌아가고 싶지 않다.

시발점의 총성 소리는
몇만 배 작아져서
자그마한 귀찮은 모기 소리.

돌아가지 않는다.
지금이 시발점이다.
매 발자국이 시발점이다.
심장의 박동 하나하나가 시발점이다.

늘 시작하고파.
머릿속엔 총성 소리.

Curtain call : 내일의 낙서

(당신의 이야기를 써주세요. 낙서일지라도 내일의 밑거름이 됩니다.)

이제 진짜 끝이다!

2022년 3월 3일 꽤나 따스해진 날에